Junior B. Jones

Ryan

**Les titres de la collection
Junie B. Jones :**

Pas folle de l'école

Junie B. Jones et le gâteau hyper dégueu

Junie B. Jones et son p'tit ouistiti

Fouineuse-ratoureuse

Bavarde comme une pie

La fête de Jim-la-peste

Amoureuse

Junie B. Jones
Amoureuse

Barbara Park
Illustrations de Denise Brunkus

Traduction d'Isabelle Allard

Éditions SCHOLASTIC

Catalogage avant publication de Bibliothèque et Archives Canada
Park, Barbara
Amoureuse / Barbara Park;
illustrations de Denise Brunkus;
texte français d'Isabelle Allard.

(Junie B. Jones)
Traduction de :
Junie B. Jones Loves Handsome Warren.
Pour les 7-10 ans.
ISBN 0-439-94160-1

I. Brunkus, Denise II. Allard, Isabelle III. Titre.
IV. Collection : Park, Barbara Junie B. Jones.

PZ23.P363Am 2006   j813'.54   C2006-902019-1

Édition publiée par les Éditions Scholastic,
604, rue King Ouest, Toronto (Ontario) M5V 1E1.

5 4 3 2 1   Imprimé au Canada   06 07 08 09

Table des matières

1. Le beau Warren   1

2. Junie la dégueue   12

3. Je ne suis pas folle!   23

4. Vive les fibres!   32

5. Une robe de princesse   45

6. Bouche bée   54

7. Toc, toc!   61

1/ Le beau Warren

Je m'appelle Junie B. Jones. Le B, c'est la première lettre de Béatrice. Je n'aime pas ce prénom-là, mais le B tout seul, j'aime bien ça!

Je suis à la maternelle.

Ma classe s'appelle la classe numéro neuf.

J'ai deux meilleures amies à l'école.

La première, c'est Lucille.

Elle est bien plus belle que moi. C'est parce que sa grand-maman lui achète des belles robes. En plus, elle a des bas avec de la dentelle et des rubans.

Mon autre meilleure amie s'appelle Grace. On prend l'autobus ensemble.

Grace a des cheveux que j'aime beaucoup : ils frisent tout seuls.

Elle a aussi des souliers de course roses. Et des pieds ultra rapides.

Grace court plus vite que tout le monde à la maternelle. Elle me bat toujours à la course.

Ça ne me dérange pas trop. Mais des fois, je la traite de tricheuse.

Grace, Lucille et moi, on joue souvent aux chevaux avant que l'école commence.

Le jeu des chevaux, c'est un jeu où on galope, on trotte et on souffle très fort par les narines.

Moi, je suis Noisette. Lucille, elle, est Réglisse. Et Grace est Caramel.

Sauf qu'aujourd'hui, Grace et moi, on ne trouvait pas Lucille.

On l'a cherchée partout.

— Zut, ai-je dit. Maintenant, on ne peut pas jouer aux chevaux. Parce que deux chevaux, c'est moins amusant que trois chevaux.

— Peut-être qu'elle est en retard, a dit Grace. Ou peut-être qu'il y a un problème à sa maison.

Je me suis tapoté le menton pour *fléréchir*.

— Oui, ai-je dit. Peut-être que son grand-papa a apporté un perroquet à sa maison. Et que Lucille était en train de s'habiller pour l'école. Alors, le perroquet a volé jusqu'à sa chambre. Et il s'est tout emmêlé dans ses cheveux. Son grand-papa a dû appeler le 911. Un vrai pompier est arrivé. Il a coupé les cheveux de Lucille

avec des ciseaux pour enlever le perroquet.
Ça a laissé un petit rond sans cheveux sur
sa tête. Mais tu sais quoi? Si elle porte un
gros nœud avec des boucles, personne ne
verra le petit rond.

Grace a jeté un coup d'œil curieux à ma
grosse boucle.

J'ai avalé ma salive.

— Ouais, bon, fais comme si je n'avais
rien dit, ai-je dit d'une petite voix.

Après, Grace et moi, on a continué à
chercher Lucille.

Et vous savez quoi?

Je l'ai trouvée!

— HÉ! GRACE! JE LA VOIS! JE VOIS
LUCILLE. ELLE COURT VERS LA
FONTAINE!

Grace l'a vue aussi.

— HÉ! QUELQU'UN LA POURSUIT!
a crié Grace. C'EST QUI, CE GARÇON?

C'EST QUI, LE GARÇON QUI COURT
APRÈS LUCILLE?

J'ai plissé mes yeux encore plus fort.

— C'EST UN MÉCHANT INCONNU,
GRACE! UN INCONNU QUI POURSUIT
LUCILLE. ALLONS LA SAUVER!

J'ai fait tourner mon bras dans les airs.

— Viens, Caramel! Allons-y! Sauvons
Lucille!

Grace et moi, on a foncé. On est parties
au galop le plus vite qu'on a pu vers le
garçon.

Grace l'a rattrapé en un rien de temps.

— VA-T'EN, GARÇON! LAISSE
LUCILLE TRANQUILLE! a-t-elle crié en
faisant de grands gestes avec ses bras.

J'ai crié, moi aussi :

— OUI! LAISSE-LA TRANQUILLE!
OU ALORS, JE VAIS LE DIRE AU
DIRECTEUR. LUI ET MOI, ON EST DES

AMIS. IL VA T'ÉCRASER LA TÊTE!

Après, Grace et moi, on a continué de lui faire peur avec nos bras jusqu'à ce qu'il parte.

Puis on s'est tapé la main.

— HOURRA! HOURRA! ON A SAUVÉ LUCILLE DE CE MÉCHANT GARÇON INCONNU!

Tout à coup, Lucille est arrivée en

tapant du pied, très fâchée.

— POURQUOI VOUS AVEZ FAIT
ÇA? a-t-elle crié. POURQUOI VOUS
AVEZ CHASSÉ CE GARÇON?
MAINTENANT, VOUS AVEZ TOUT
GÂCHÉ!

Grace et moi, on l'a regardée, toutes
surprises.

— Tu ne voulais pas qu'on te sauve?

a demandé Grace.

— On t'a sauvée d'un méchant inconnu, ai-je dit, très fière.

Lucille a poussé un gros soupir fâché.

— Ce n'est pas un méchant inconnu, Junie B.! C'est un nouveau de la classe numéro huit. Il s'appelle Warren. C'est le plus beau garçon que j'aie jamais vu! Il a même joué dans une annonce à la télé!

Grace et moi, on a levé nos sourcils.

— Ah oui? a demandé Grace.

— Il est passé dans une annonce à la télé? ai-je ajouté.

Grace s'est levée sur la pointe des pieds.

— Où est-il allé? a-t-elle demandé. Je ne l'ai pas bien vu.

— Moi non plus, ai-je dit. Je ne l'ai pas bien vu. Il est beau comment, Lucille? Beau comme un acteur de cinéma?

Soudain, Grace s'est mise à sautiller,

tout excitée.

— IL EST LÀ! IL EST LÀ! SOUS
L'ARBRE, LÀ-BAS! TU LE VOIS, JUNIE
B.? TU LE VOIS?

J'ai plissé mes yeux pour le regarder.
Puis mes yeux sont presque sortis de ma
tête! Parce que ce garçon était aussi beau
qu'un acteur de cinéma, c'est pour ça!

— Oh là là! ai-je dit. Je crois que
j'aimerais bien l'avoir comme petit ami,
moi!

Lucille m'a regardée avec des yeux
fâchés.

— Non! a-t-elle crié. Ne dis pas ça,
Junie B. Il ne peut pas être ton petit ami.
Il peut être seulement *mon* petit ami parce
que c'est moi qui l'ai vu en premier!

J'ai *fléréchi* un moment.

— Oui, mais il y a juste un problème,
Lucille, ai-je dit. Grace et moi, on n'a pas

encore eu notre chance avec lui.

— C'est vrai, a dit Grace. On n'a pas eu notre chance. Donc, tu dois nous le présenter.

Lucille a tapé du pied.

— Non! a-t-elle crié. Non et non! Parce que vous allez me le voler. Et ce n'est pas juste. En plus, Junie B., tu as déjà un petit ami. Tu te rappelles? Tu as déjà Ricardo! Pas vrai?

J'ai jeté un coup d'œil au beau Warren.

— Oui, mais je crois que je suis prête pour un changement, ai-je dit d'une voix douce.

Alors, le visage de Lucille est devenu très, très fâché. Et elle est partie super vite en tapant du pied.

Sauf que, Grace et moi, ça ne nous dérangeait pas.

Nous avons continué de regarder le

petit nouveau.

Parce que ce Warren, il était vraiment beau.

2/ Junie la dégueue

Lucille est assise à côté de moi dans la classe numéro neuf.

J'ai continué d'être gentille avec elle.

Parce que je voulais qu'elle me présente le beau Warren, c'est pour ça.

— Veux-tu qu'on soit encore des amies, Lucille? Hein? Des amies comme avant? Ce serait bien, tu ne crois pas?

— Non, a dit Lucille. Tu veux qu'on soit copines seulement parce que tu veux me voler mon nouveau petit ami.

J'ai respiré très fort.

— Mais comment tu veux que je le vole, Lucille? Tu es beaucoup plus belle que moi. Tu le sais bien que c'est toi la plus belle.

Lucille le savait.

Elle a tapoté ses cheveux.

Puis elle m'a montré ses nouveaux bas à dentelle.

— Huit dollars et cinquante cents, plus la taxe, a-t-elle dit.

J'ai fait sortir mes yeux de ma tête pour les admirer.

— Oh là là! Quels beaux pieds vous avez, madame! ai-je dit.

Après, je lui ai montré mes bas à moi.

— Tu vois, Lucille? Tu vois mes bas? Ils sont tout mous et froissés. C'est parce qu'hier soir, mon chien Tickle et moi, on a joué à les étirer. Et il a bavé dessus.

Lucille a fait un air dégoûté.

— Dégueu!

— Je le sais qu'ils sont dégueus, ai-je
dit. C'est ce que j'essaie de t'*espliquer*,
Lucille. Je suis une vraie dégueue. Donc,
je ne peux pas te voler ton petit ami!

Lucille m'a regardée d'un air plus gentil.
J'ai rapproché ma chaise de la sienne.

— Maintenant, on est encore des amies,

hein, Lucille? Et tu vas me présenter le beau Warren. Je ne te le volerai même pas.

Lucille a tapoté un peu plus ses cheveux.

— Je ne sais pas, a-t-elle dit. Je vais y penser.

J'ai tapé des mains tout excitée.

Puis je suis montée sur ma chaise.

— GRACE! HÉ, GRACE! ai-je crié. LUCILLE A DIT QU'ELLE ALLAIT Y PENSER!

Soudain, j'ai entendu une voix.

— JUNIE B. JONES! QU'EST-CE QUE TU FAIS LÀ?

C'était ma maîtresse. Elle s'appelle Madame. Elle a un autre nom, mais je ne m'en souviens jamais. Et puis, j'aime bien dire Madame tout court.

J'ai fait un sourire nerveux.

— J'essaie d'envoyer un message à Grace.

Madame s'est approchée de moi.

— Ne te mets jamais debout sur ta chaise, Junie B., a-t-elle dit. Tu pourrais tomber et te casser quelque chose.

— Oui! a crié Jim-la-peste. Elle pourrait

casser le plancher avec sa tête dure!

Je lui ai montré mon poing en criant :

— OUI, ET EN PLUS, JE POURRAIS
CASSER TA TÊTE DE LINOTTE!

Madame m'a fait asseoir sur ma chaise.

— Ça suffit! a-t-elle dit. Je suis sérieuse, Junie B. Je ne veux plus entendre un mot.

Après ça, je ne me suis pas relevée de ma chaise. Et j'ai bien travaillé.

J'ai épelé des mots.

J'ai fait des mathématiques.

Et aussi de l'écriture.

Et j'ai dessiné une saucisse sur mon bras.

Mais ça, ce n'était pas un devoir.

Ça s'appelle travailler de façon *autonomme*.

Puis Madame a tapé des mains très fort.

— Bon, les enfants! C'est presque l'heure de la récréation. Donnez-moi vos feuilles et placez-vous en file devant la porte.

Madame m'a regardée, puis a ajouté :

— Et sagement, s'il vous plaît!

Ça voulait dire : « Tu ne piétineras pas

ton voisin. » Ça fait partie des Dix Commandements, je pense.

Lucille et moi, on se tenait par la main.

— Maintenant, tu vas me le présenter, hein, Lucille? Je vais enfin parler à ce beau garçon!

Grace est arrivée derrière nous en courant.

J'étais contente de la voir.

— Grace! Grace! Tu sais quoi? Lucille va nous présenter le beau Warren! Parce que toi et moi, on est des vraies dégueues, voilà pourquoi!

Grace m'a regardée d'un air insulté.

— Je ne suis pas une dégueue, a-t-elle protesté.

J'ai vite chuchoté dans son oreille :

— Ouais, sauf qu'on n'est pas vraiment dégueues, Grace. On fait juste semblant. Sinon, Lucille aurait peur qu'on lui vole son copain. Tu comprends?

Grace a compris.

— Je suis une grosse dégueue puante, a-t-elle dit à Lucille.

Après, on a gambadé joyeusement toutes les trois vers les balançoires.

On a attendu que la classe numéro huit sorte dehors.

On a attendu très longtemps.

Enfin, la porte s'est ouverte! Et le beau Warren est sorti!

Lucille a couru vers lui et l'a pris par la main.

Elle l'a traîné jusqu'aux balançoires pour nous le présenter.

— Voici Grace. Et voici Junie B. Jones, a-t-elle dit à Warren.

Il nous a fait un petit signe de la main très mignon. Il avait l'air gentil.

Je me suis cachée derrière mes mains.

Parce que d'un seul coup, je me sentais timide devant ce garçon.

Puis j'ai regardé entre mes doigts.

— Coucou, je te vois! ai-je dit.

Et j'ai éclaté de rire. Je suis très ricaneuse, c'est pour ça.

J'ai continué de rire de ma drôle de blague. Mais ce n'était pas une bonne idée.

Parce que je ne pouvais plus m'arrêter.

Je suis tombée par terre en me tenant le ventre. Je me roulais sur le gazon en riant comme une folle.

Le beau Warren m'a regardée d'un drôle d'air.

Il a reculé.

— Elle est folle, a-t-il dit tout bas.

Puis il a tourné le dos et est parti.

Lucille et Grace sont parties avec lui.

3/ Je ne suis pas folle!

Madame a soufflé dans son sifflet.

Ça voulait dire que la récréation était terminée.

Lucille et Grace sont venues me chercher.

Parce que j'étais encore sur le gazon, c'est pour ça.

Lucille était toute contente et de bonne humeur.

— Puis, comment tu le trouves, Junie B.? Il est beau, hein? Il est encore plus

beau de près, hein? Il est gentil, aussi.
N'est-ce pas qu'il est gentil?

Grace était toute contente et de bonne
humeur, elle aussi.

— Il m'a dit qu'il aimait mes souliers,
a-t-elle annoncé.

— Il m'a dit qu'il aimait ma robe, a
ajouté Lucille.

— Il m'a dit que j'étais folle, ai-je dit.

Lucille a fait une pirouette.

— Pas moi! a-t-elle répliqué. Il n'a pas
dit que j'étais folle. C'est parce qu'il
m'aime!

Grace s'est mise à sauter dans les airs.

— Moi aussi! Moi aussi, il m'aime!
a-t-elle crié d'une voix très haute.

Lucille a arrêté de tourner.

Elle a croisé les bras.

— Non, Grace, a-t-elle dit. Il ne t'aime
pas. Il aime juste moi. Parce que je l'ai vu

en premier. Et tu n'as pas le droit de me le voler, tu te souviens?

Grace a croisé ses bras, elle aussi.

— Je ne le *vole* pas, Lucille. C'est juste qu'il est devenu amoureux de moi maintenant. Ce n'est pas ma faute.

J'ai tiré sur la robe de Lucille.

— Pourquoi il a dit que j'étais folle? Pourquoi il a dit une chose stupide comme ça, hein?

Lucille ne s'occupait pas de moi. Elle continuait d'être fâchée contre Grace.

— Je le savais! a-t-elle grogné. Je savais que ça arriverait, Grace! Tu essaies de me voler mon petit ami! Junie B. avait dit que tu ne le volerais pas! Mais tu le fais quand même!

Elle a baissé les yeux vers moi.

— Dis-lui, Junie B.! Dis à Grace qu'elle n'a pas le droit de voler mon petit ami!

Je l'ai regardée avec des yeux curieux.
— Je ne suis pas folle, hein, Lucille?
Dis-moi que je ne suis pas folle.

Alors Grace s'est penchée près du nez de Lucille.

— JE PEUX AIMER QUI JE VEUX, LUCILLE! a-t-elle crié dans sa figure.

— NON, TU NE PEUX PAS, GRACE!

— OUI, JE PEUX!

J'ai tapoté leurs chevilles.

— Combien d'entre vous pensent que je suis folle? Que celles qui le pensent lèvent la main!

Madame a encore soufflé dans son sifflet.

Je me suis levée, et j'ai marché jusqu'à la classe numéro neuf toute seule.

Parce que je n'arrêtais pas de penser que je n'étais pas folle, c'est pour ça.

J'ai pensé à ça tout le reste de la journée.

Je n'ai parlé à personne.

Même pendant Montre et Raconte.

Même pendant la collation.

Même dans l'autobus pour rentrer à la maison.

Grace était assise à côté de moi. Elle était encore contente et de bonne humeur.

— Je sais qu'il m'aime plus que Lucille. J'en suis sûre. Et il n'a même pas encore vu comme je cours vite!

Elle a planté son doigt dans mes côtes.

— Qui penses-tu qu'il aime le plus? Moi ou Lucille? Dis la vérité.

Je n'ai rien dit.

Grace m'a secoué le bras.

— Pourquoi tu ne parles pas, Junie B.? Pourquoi tu ne réponds pas? Es-tu malade? As-tu mal à la gorge?

Puis elle a ouvert ses yeux très grands. Et sa bouche aussi.

— Ooooh! je sais pourquoi tu ne parles pas. C'est parce que tu es fâchée, c'est ça?

Tu es fâchée parce que tu es folle?

Je me suis tournée vers elle d'un seul coup.

— Je ne suis *pas* folle, Grace! Je suis une petite fille normale et ordinaire. Je ne sais même pas pourquoi ce garçon m'a traitée de folle!

— Moi, je le sais, a dit Grace. Je sais pourquoi il t'a dit ça. C'est parce que tu n'arrêtais pas de rire. Et que tu es tombée sur le gazon. Et que tu te roulais par terre.

Je l'ai regardée dans les yeux.

— Et puis après? ai-je dit.

— Eh bien, c'est *et-zaquetement* ce que font les fous, a dit Grace. Et je sais de quoi je parle. Parce qu'il y a un fou dans ma famille à moi.

— Ah bon? ai-je dit en levant mes sourcils.

— Oui, a-t-elle continué. Mon frère

Jeffie de deux ans est fou. Chaque fois qu'on va au centre commercial, il faut l'attacher avec une laisse. Sinon, il fonce dans les gens. Ou il se cache dans les vêtements et il faut appeler les gardiens de sécurité.

Elle m'a regardée d'un air soupçonneux.

— Est-ce que tu as déjà fait ça, Junie B. Jones? Hein? As-tu déjà foncé dans les gens? Est-ce que tes parents ont appelé les gardiens de sécurité parce que tu t'étais cachée dans les vêtements?

J'ai regardé ailleurs.

Parce que ce n'était pas ses oignons, c'est pour ça.

— En plus, Jeffie n'a pas le droit de manger des céréales sucrées, a dit Grace. Ma mère dit que le sucre le rend *suressité*.

Elle a levé un sourcil et m'a demandé :

— Manges-tu des céréales sucrées pour

le déjeuner, Junie B. Jones? Hein, dis-moi?

J'ai encore regardé ailleurs.

Parce que vous savez quoi? Ça aussi, ce n'était pas ses oignons, c'est pour ça.

4/ Vive les fibres!

Le lendemain matin, j'ai donné mes céréales sucrées à Tickle.

Je lui ai donné mes Flocons Givrés. Et mes Croquants aux Fruits. Et mes Bouchées Fruitées Fluo.

Il a trouvé ça très bon.

Après, il a couru dans le salon et a vomi sur le tapis.

Maman a crié très fort.

C'est pour ça que je me suis cachée sous l'évier. Mais elle et papa m'ont trouvée.

Ils n'ont pas réagi très calmement.

— JUNIE B., POURQUOI AS-TU FAIT
UNE CHOSE PAREILLE? a crié papa
super fort.

— ON NE PEUT PAS TE LAISSER
SEULE UNE MINUTE! a hurlé maman.

Puis ma mamie Helen Miller est entrée
dans la maison.

— Mamie Miller! Mamie Miller! Je
t'aime! ai-je crié.

J'ai couru vers elle à toute vitesse. Je me
suis cachée dans son manteau jusqu'à ce
que papa et maman partent travailler.

Après, mamie m'a laissée choisir une
nouvelle sorte de céréales.

J'ai choisi une sorte pour les grandes
personnes.

La sorte qui est pleine de fibres.

— Ces céréales sont bonnes pour moi,
pas vrai, mamie? Elles ne vont pas me
suressiter, hein?

J'ai mis ces délicieuses céréales dans ma
bouche.

J'ai mâché et mâché. Sauf que ça ne se

mâchait pas très facilement.

J'ai mâché toute la matinée.

Je mâchais encore quand Grace est montée dans l'autobus.

Elle est arrivée en courant, tout excitée.

— Regarde, Junie B.! Regarde ce que ma mère m'a acheté!

Elle m'a montré son pied.

— De nouveaux souliers de course! a-t-elle dit. Tu vois? Tu vois les éclairs sur les côtés? Ça veut dire que je peux courir vite comme l'éclair! Maintenant, Warren va m'aimer plus que Lucille, c'est certain!

Je lui ai montré ma bouche.

— Ouais, sauf que je ne peux pas vraiment discuter en ce moment, Grace. Parce que je suis en train de mâcher des fibres.

J'ai ouvert la bouche pour lui montrer.

— Tu vois? Elles sont coincées entre

mes dents, je pense.

J'ai mis mon doigt dans ma bouche pour les décoincer. Après, je les ai avalées.

Je me suis léché les babines.

— Bonne nouvelle! J'ai fini!

Grace a encore essayé de me montrer ses souliers.

— Ouais, excuse-moi, Grace, mais je ne peux pas encore parler. Parce que je dois faire quelque chose d'important.

Je me suis appuyée au dossier.

J'ai fermé les yeux.

Je n'ai pas bougé pendant plein de secondes.

Puis j'ai tapé des mains d'un air joyeux.

— As-tu vu ça, Grace? As-tu vu comme j'étais calme? C'est parce qu'il n'y a pas de sucre dans mon corps aujourd'hui! Et je réussis très bien à m'asseoir tranquille.

Je l'ai serrée très fort dans mes bras.

— Ça marche, Grace! Les céréales aux fibres, ça marche! Je ne suis plus folle, maintenant. Alors, le beau Warren va m'aimer autant que toi!

Grace n'avait pas l'air contente.

Elle s'est penchée pour frotter ses nouveaux souliers.

Je me suis penchée comme elle.

— Pourquoi tu n'es pas contente, Grace? Tu ne veux pas qu'il m'aime, moi aussi?

Elle a soufflé très fort.

— Tu respires sur mes souliers! a-t-elle dit. Arrête de respirer sur mes souliers.

À ce moment-là, l'autobus s'est arrêté devant l'école.

J'ai regardé par la fenêtre.

— Grace! Je vois le beau Warren! Il est à la fontaine. Et Lucille n'est même pas encore arrivée!

Le visage de Grace est devenu tout souriant.

Elle est sortie de l'autobus comme une flèche.

Elle a couru vers le beau Warren à la vitesse de l'éclair.

Je pouvais l'entendre crier dans toute la cour d'école :

— REGARDE, WARREN! REGARDE MES NOUVEAUX SOULIERS! ILS ONT DES ÉCLAIRS SUR LES CÔTÉS! TU VOIS?

Elle n'arrêtait pas de tourner autour de Warren.

— Veux-tu faire une course? lui a-t-elle demandé. Veux-tu voir comme je cours vite? Je parie que tu ne peux pas me battre! Je parie que tu ne peux pas me battre à la course!

Alors, le beau Warren et Grace ont fait

la course dans la cour d'école. Et il ne pouvait même pas la dépasser.

Après, il était complètement fatigué.

— Ouf! a-t-il dit. Tu es la coureuse la plus rapide que je connaisse. Peut-être qu'un jour, tu iras aux Jeux olympiques.

— Oui, Warren, a dit Grace. Je vais sûrement faire les Olympiques un jour. Veux-tu encore faire une course, hein? Veux-tu?

Soudain, Lucille est sortie de nulle part. Elle portait la plus belle robe que j'aie jamais vue.

Elle a tourné sur elle-même pour la faire admirer.

— Oooooh! Lucille, tu as l'air d'une princesse royale dans cette robe! ai-je dit.

— Je le sais, a-t-elle dit. C'est le genre de robe que les princesses portent. Elle est en velours rouge royal.

Elle a tourbillonné devant le beau
Warren.

— Ma robe a coûté plus de 150 $, plus
la taxe, a-t-elle dit.

Les yeux de Warren sont devenus très
grands.

— Oh! tu dois être la fille la plus riche
de l'école!

Lucille a tapoté ses cheveux.

— C'est vrai, a-t-elle répondu. Je suis
la plus riche de l'école, Warren. Devine
combien ont coûté mes souliers? Dis un
chiffre!

Tout à coup, je me suis avancée d'un
bond, en plein devant le visage de Warren.

— Bonjour, Warren, comment vas-tu,
aujourd'hui? ai-je dit très gentiment. Moi,
je vais bien. Je suis très calme.

Il a reculé de quelques pas.

— Ouais, sauf que tu n'as pas besoin
d'avoir peur, ai-je dit. Parce que j'ai mangé
des fibres ce matin. Je suis si calme que je
pourrais m'endormir, même. Tu veux voir?
Hein, Warren? Tu veux me voir dormir?

Je me suis couchée sur le gazon.

— Regarde, Warren! Tu me vois? Je ne

ris même pas, et je ne me roule pas par
terre. Je suis juste calme. C'est tout.

J'ai posé ma tête sur le sol.

— Regarde-moi dormir, Warren.

Regarde-moi!

J'ai fermé les yeux, puis après, je les ai rouverts.

— As-tu vu ça, Warren? Hein? M'as-tu

vue dormir? Je t'avais dit que j'étais calme!
Pas vrai?

Le beau Warren m'a regardée un long
moment.

Puis il a fait tourner son doigt à côté de
son front.

Et il est parti vers les balançoires.

Lucille et Grace sont parties avec lui.

5/ Une robe de princesse

Ce soir-là, au souper, une super idée est venue dans ma tête.

Elle est arrivée pendant que je mangeais des macaronis.

— HÉ! JE VIENS D'AVOIR UNE IDÉE! ai-je crié. JE SAIS COMMENT FAIRE POUR QUE LE BEAU WARREN M'AIME!

J'ai mis d'autres macaronis dans ma bouche.

— VITE, TOUT LE MONDE!

MANGEZ, MANGEZ! IL FAUT ALLER
AU CENTRE COMMERCIAL AVANT
QUE LES MAGASINS FERMENT!

Soudain, deux macaronis sont sortis de
ma bouche. Ils sont tombés par terre et
mon chien, qui s'appelle Tickle, les a
mangés.

Papa a fait la grimace.

— Holà! pas si vite! Rien ne presse!
a-t-il dit.

— Oui, ça presse! Il faut aller au
magasin! Pour m'acheter une robe de
princesse! En plus, j'ai besoin de souliers
avec des éclairs!

Papa et maman m'ont regardée avec
un drôle d'air.

Alors, j'ai dû leur expliquer toute
l'histoire du beau Warren. Comment il
aimait la robe de princesse de Lucille. Et
comment il aimait aussi les souliers très

rapides de Grace.

— Alors, maintenant, je dois avoir une robe de princesse! Et des souliers avec des éclairs! Comme ça, Warren va m'aimer, moi aussi!

J'ai essuyé ma bouche avec ma main. Puis je me suis levée d'un bond.

— *Escusez*-moi, s'il vous plaît! Je peux quitter la table? Je suis pleine!

J'ai couru dans le couloir et j'ai foncé dans la chambre de mon petit frère qui s'appelle Ollie.

— FAITES LA VAISSELLE, VOUS DEUX! ai-je crié à maman et papa. JE VAIS METTRE LE CHANDAIL D'OLLIE SUR SA TÊTE! PARCE QUE ÇA VA NOUS FAIRE GAGNER DU TEMPS!

J'ai grimpé dans le lit du bébé.

J'ai essayé de lui mettre son chandail. Sauf que sa grosse tête ne voulait pas entrer dans le trou.

Il faisait sa sieste et s'est réveillé.

Il a commencé à pleurer très fort.

J'ai entendu des gros pas dans le couloir.

— JUNIE B.! QU'EST-CE QUE TU FAIS? a crié une voix fâchée.

C'était maman.

Elle est entrée dans la chambre en courant. Elle a pris bébé Ollie dans ses

bras et a tapoté sa grosse tête.

— C'est tout un melon, sa tête! ai-je dit.

Bébé Ollie a continué de pleurer.

— Tu veux que j'aille chercher une laisse? ai-je demandé à maman. Tenons-le en laisse, d'accord? Parce qu'il est un peu *suressité*, je pense. On ne pourra pas le contrôler au magasin!

Maman a regardé le plafond.

— Nous n'allons pas au magasin, Junie B., a-t-elle dit. Nous n'allons nulle part.

J'ai tapé du pied.

— Oui! Il faut y aller! Il faut aller au magasin acheter ma robe de princesse. Et mes souliers avec des éclairs. Sinon, Warren ne m'aimera pas, je te le dis!

Maman a fermé les yeux. Elle a respiré très fort.

Puis elle a dit d'une voix douce :

— Bon. Écoute-moi. Écoute-moi bien.

Tu ne te feras pas de nouveaux amis en portant une robe neuve ou des souliers avec des éclairs. Pour te faire de nouveaux amis, tu dois être gentille avec les autres. Et ne pas leur faire de peine. Comme ça, ils auront envie d'être avec toi.

Elle m'a sortie du lit de bébé.

— Et aussi, il est important d'être honnête, Junie B. Tu dois être honnête avec les autres. Par exemple, tu ne dois pas faire semblant d'être quelqu'un que tu n'es pas.

Elle a lissé mes cheveux.

— Tu n'es pas Lucille, Junie B. Tu n'es pas Grace non plus. Tu es seulement toi. Tu es seulement Junie B. Jones. Et crois-moi, c'est bien assez pour une seule personne.

J'ai reniflé. Puis j'ai grogné et j'ai avalé ma salive.

— Ouais, je sais que je suis Junie B.

Jones, ai-je dit. C'est juste que je veux
être Junie B. Jones en robe de princesse.

J'ai mis ma tête sur son épaule.

— Tu ne voulais pas de robe de
princesse quand tu étais petite, maman?
ai-je demandé.

Maman n'a pas répondu. Je pense
qu'elle *fléréchissait*.

J'ai regardé par-dessus son épaule.

J'ai vu un nouveau jouet sur l'étagère
d'Ollie.

— Hé! c'est quoi, ça, maman? Là, sur
l'étagère? C'est un nouveau nounours?

J'ai couru prendre l'animal en peluche.

— Regarde, maman! Regarde ce qu'il
a autour du cou, ce nounours! C'est un
ruban de velours rouge royal! Et ça, c'est
et-zaquetement la sorte de tissu que je
voulais!

J'ai enlevé le ruban du nounours. Et

je l'ai tenu sur mes cheveux.

— Est-ce que c'est joli? Hein, maman?
Est-ce que j'ai l'air d'une belle princesse?
Est-ce que je suis belle? Hein?

Je me sentais toute contente et de bonne
humeur à l'intérieur.

J'ai donné un bisou à maman et je suis
sortie de la chambre en courant.

Parce qu'il y avait peut-être d'autres
vêtements de princesse quelque part dans
notre maison, c'est pour ça!

6/ Bouche bée

Le lendemain, quand Grace m'a vue dans l'autobus, sa bouche s'est ouverte très grande.

Je lui ai fait un très beau sourire.

— Je sais pourquoi tu me regardes comme ça, Grace. Maman m'a dit qu'en me voyant, les gens resteraient bouche bée!

J'ai tapoté mes cheveux.

— *Bouche bée*, c'est quand ta bouche ne peut pas parler.

Grace a pointé le doigt vers mon cou.

— Qu'est-ce que c'est? Un collier de chien?

Je me suis mise à rire.

— Ce que tu es idiote, Grace! Tu n'y connais rien! C'est un très beau collier de pierres précieuses. C'est le genre de collier que les princesses portent. Sauf que je ne savais même pas que c'était dans notre maison. Je l'ai trouvé à côté de la nourriture pour chiens. Je ne sais pas pourquoi quelqu'un l'a mis là.

J'ai tendu mes bras.

— As-tu remarqué mes gants, Grace? As-tu vu mes beaux gants blancs de princesse? C'est le genre de gants que porte Cendrillon. Et Cendrillon est une vraie de vraie princesse. Et aussi, elle lave les planchers.

J'ai montré ma tête du doigt.

— Et que dis-tu de ma couronne dorée?

Elle vient du Dairy Queen. *Queen*, ça veut dire reine! J'ai aussi des boucles de velours rouge royal sur mes souliers. Maman a même dessiné des éclairs sur les côtés. Comme les tiens!

J'ai tourné sur moi-même.

— Attends que le beau Warren me voie! Maintenant, il va être obligé de m'aimer! Il ne pourra pas faire autrement. Pas vrai, Grace?

Grace s'est écrasée sur son siège.

Elle n'a pas parlé jusqu'à l'école.

Et vous savez quoi? Quand l'autobus s'est arrêté, elle est sortie sans m'attendre.

Elle a couru vers le beau Warren sans moi.

J'ai essayé de la rattraper. Mais mon collier de pierres précieuses me grattait le cou. Et ma couronne est tombée de ma tête.

Le beau Warren était assis par terre.
Il se cachait le visage dans ses genoux.
Je me suis placée devant Lucille et
Grace.

J'ai tapé sur la tête de Warren.

— Bonjour, Warren, comment ça va,
aujourd'hui? ai-je dit. Je porte des
vêtements de princesse.

Le beau Warren n'a même pas levé la
tête.

J'ai encore tapé sur sa tête.

— Ouais, mais je pense que tu devrais
me regarder. Parce que mamie Miller dit
qu'il faut le voir pour le croire.

— Ça ne sert à rien de lui parler, a dit
Lucille. Il ne parle à personne.

— Même pas à moi, a dit Grace.

Je me suis accroupie à côté de lui. Et
je l'ai regardé.

— Pourquoi tu ne parles pas? Hein,

58

Warren? Tu as perdu ta langue?

J'ai attendu très patiemment.

Puis je me suis approchée de son oreille, et j'ai crié.

— J'AI DIT : AS-TU PERDU TA LANGUE?

Tout à coup, le beau Warren a relevé la tête et a crié :

— ALLEZ-VOUS-EN, TOUTES LES TROIS! LAISSEZ-MOI TRANQUILLE!

Je suis restée accroupie un très long moment.

Puis je me suis levée tranquillement. J'ai regardé Grace et Lucille.

— Bonne nouvelle, ai-je dit. Il a parlé.

Après, on est restées là, debout devant lui.

Parce qu'on ne savait pas quoi faire, c'est pour ça.

Finalement, Lucille a fait un gros soupir.

— Tu n'es pas très gentil, Warren, a-t-elle dit. Avant, tu étais gentil. Mais maintenant, tu ne l'es plus. Alors, je ne veux pas être ton amie aujourd'hui.

— Moi non plus, a dit Grace. Je ne veux pas être ton amie aujourd'hui.

Elles sont parties en se donnant la main et en tapant du pied parce qu'elles n'étaient pas très contentes.

Le beau Warren a ouvert un œil pour voir si elles étaient vraiment parties.

Je me suis penchée et j'ai regardé son œil.

— Bonjour Warren, comment ça va, aujourd'hui? Je porte des vêtements de princesse.

Le beau Warren a grogné.

Puis il a fermé son œil et s'est encore caché le visage.

7/ Toc, toc!

Je me suis assise à côté du beau Warren.

— Tu sais quoi? ai-je dit. Je ne vais même pas te déranger. Je vais juste m'asseoir ici. Et m'occuper de mes oignons. C'est tout.

J'ai *fléréchi* un peu.

— Et il y a une autre bonne nouvelle. Tu n'as pas besoin de regarder mes vêtements de princesse si tu ne veux pas. Parce que les vêtements, ce n'est pas avec ça que je me fais des amis.

Le beau Warren ne bougeait pas.

J'ai regardé sa tête.

— Tu sais quoi? Il y a quelque chose dans tes cheveux.

J'ai regardé de plus près.

— Je pense que c'est une petite feuille. Ou peut-être un bout de mouchoir en papier.

Il ne bougeait toujours pas.

— Veux-tu que je l'enlève? Parce que ça ne me dérangerait pas, tu sais. Ça me ferait plaisir de l'enlever.

J'ai attendu qu'il réponde.

Puis j'ai encore tapé sur sa tête.

— Ouais, sauf que je pense que tu devrais vraiment l'enlever. Parce que peut-être que quelqu'un s'est mouché le nez dans ce petit mouchoir. Et après, le petit mouchoir s'est envolé et a atterri dans tes cheveux. Avais-tu pensé à ça? Ça serait dégueu, non?

Il n'a pas répondu.

— Ceux qui veulent se faire enlever le mouchoir des cheveux, levez la main! ai-je dit.

Tout à coup, le beau Warren a crié d'un air fâché :

— Je pensais que tu ne parlerais pas! Je pensais que tu t'occuperais de tes oignons!

Je lui ai fait un gentil sourire.

— Ouais, c'est ce que je fais, Warren, ai-je dit. C'est juste que je voulais t'avertir que tu avais un petit mouchoir dans les cheveux. Maintenant, je ne parle plus. C'est fini.

Le beau Warren a levé les yeux au ciel. Puis il s'est mis le visage dans les bras.

J'ai attendu encore un peu.

— Bon, il y a un petit problème, ai-je dit. Le mouchoir est encore là. Que veux-tu que je fasse?

Le beau Warren s'est bouché les oreilles.

— Arrête! a-t-il crié. Arrête de me parler! Va rejoindre tes amies idiotes! Pourquoi restes-tu ici? Pourquoi ne me laisses-tu pas tranquille?

— Parce que je suis gentille, c'est pour ça, ai-je répondu. Et parce que ma mère m'a dit que c'est comme ça qu'on se fait des amis. En plus, je ne veux pas que tu aies de la peine.

Le beau Warren a fait une grimace.

— Je ne suis pas ton ami, a-t-il dit. Je n'ai pas d'amis dans cette école. Tous mes amis sont à mon autre école. Mais mon père m'a fait déménager ici. Et maintenant, ce n'est plus comme avant. Je déteste cette école. Je la déteste!

Il a caché sa tête dans ses genoux. Et il a commencé à pleurer.

Il a essayé de pleurer sans bruit.

Mais je l'entendais renifler.

Ça m'a rendue triste à l'intérieur.

Je lui ai tapoté l'épaule gentiment.

— Pauvre Warren, ai-je dit d'une voix douce. Je suis triste que tu aies de la peine. C'est vrai, tu sais.

Puis une idée a surgi dans ma tête.

— Je sais! Je pourrais aller te chercher un pansement. Aimerais-tu ça, Warren? Parce que des fois, les pansements, ça console les enfants... Ou bien, j'ai une idée. Je pourrais te chatouiller, aussi! Parce que les chatouilles, ça fait rire, pas vrai? Ça me ferait plaisir d'essayer, si tu veux.

Je l'ai secoué un peu.

— Veux-tu essayer ma couronne dorée, Warren? Hein? Parce qu'une couronne dorée, ça remonte vraiment le moral.

Je l'ai enlevée pour la lui donner.

Il ne l'a pas prise.

Je l'ai déposée par terre.

Puis j'ai enlevé mon collier et mes gants de Cendrillon. Je les ai mis par terre, eux aussi.

Après, je suis restée assise en silence. J'ai écouté Warren être triste.

Puis j'ai poussé un soupir. Et j'ai essayé ma dernière idée.

— Toc, toc! ai-je dit.

Warren n'a rien répondu.

— Toc, toc! ai-je répété un peu plus fort.

J'ai continué à répéter *toc, toc!* jusqu'à ce qu'il en ait assez de m'entendre.

— BON, ÇA VA! QUI EST LÀ? a-t-il grogné.

— G.

— G. qui? a-t-il demandé.

— G. bien envie de te chatouiller! ai-je

répondu.

Puis j'ai encore dit :

— Toc, toc!

— Qui est là? a demandé Warren en me jetant un coup d'œil.

— Sarah!

— Sarah qui? a-t-il demandé.

— Sarah-vigote de se faire chatouiller! ai-je répondu.

Le beau Warren a relevé la tête. Il avait l'air un peu moins fâché.

— Toc, toc! ai-je dit.

— Qui est là? a-t-il demandé.

— Maman.

— Maman qui?

— Maman-aller si tu n'arrêtes pas de bouder!

Le beau Warren a fait un petit sourire.

Il a attendu une seconde. Puis il a souri encore plus.

— Toc, toc! a-t-il dit.

— Qui est là?

— Stef!

— Stef qui? ai-je demandé.

— Stef-frayant comme Lucille est riche!

— C'est vrai! C'est vrai! ai-je crié en
tapant des mains.

Mon visage est devenu tout souriant.

— Toc, toc! ai-je dit.

— Qui est là?

— Anna.

— Anna qui? a demandé Warren.

— Anna plein le dos des princesses!

Warren et moi, on a éclaté de rire en même temps. On se tenait le ventre. On a commencé à se rouler par terre.

— TU ES COMPLÈTEMENT FOLLE! a dit le beau Warren.

— TU ES COMPLÈTEMENT FOU TOI AUSSI! ai-je dit.

— ON EST FOUS TOUS LES DEUX! a-t-il ajouté.

Après, Warren et moi, on a ri en se roulant sur le gazon. On a ri jusqu'à ce que la cloche sonne!

Parce que c'est *et-zaquetement* ce que font les fous, c'est pour ça!

En plus, lui et moi, on était devenus des amis!

Des amis jusqu'à la fin des temps!

Mot de Barbara Park

« Il n'y a rien de plus mignon qu'une amourette de maternelle. Mais je dois admettre que j'étais déçue de voir Junie B. essayer de se transformer en Grace ou en Lucille pour essayer d'intéresser le beau Warren! "Tu devrais avoir honte! ai-je pensé en écrivant. Sois toi-même! Il va t'aimer! Je te le promets!" Puis je me suis mise à rire. Parce que c'est exactement ce que m'a dit ma mère un milliard de fois (au moins). D'accord, maman. Je comprends, maintenant. Junie B. aussi, j'espère. »